KB109999

아담, 다른 얼굴

아담, 다른 얼굴

조원규 시집

민음의 시 106

민음사

자서

축축한 밤 안개가 남겨준 시편들이다.
꿈 같은 침묵 속에 십년의 세월이 흘러갔다.
즐비한 밤나무들 무성해 어둑하였던 거리와
마당의 열두 그루 미루나무 그 꼭대기를 올려다보면
가슴 철렁하게 파란 하늘이 펼쳐지던 집,
그 집의 발코니, 먼 불빛들을 바라보면
저절로 읏, 하고 몸이 숙여지던 밤, 적막한
밤들을 되돌아보며 이 글을 쓴다.
어떤 시선도 내 곁에 없는 것 같았지만
동시에 가장 커다란 시선이 나를 지켜주었던
그 시절을 아직도 누군가 저 안개 속에서
살아내고 있는 것만 같다.

차례

처음

유리 차양을 두들기는

커다란 빗방울들의 타성(打聲)

잊고 있는 동안

우리는 잊고 있음조차 몰랐다

잡초

아무도 그 뜻을 모르니
잡초일 밖에

세상에서 가장 빠른 열차
개울물은 스쳐 흐르는데

노란 꽃이 피어도
아무도 그 뜻 모르니

광막할 천(天)
푸름 아래 잡초

강굽이에서

안개가 걷힌 새벽
언 강은 굽어 동쪽으로 향하고
눈이 부신 우리는 빛 속에서
말없이 가슴만 짚고 있네

모든 것은 바다에 이른다고
들은 적 없는 것은 아니었으나
휘고휜 한 시절을 안고서도
저 빛에 들 수가 있나

우리 눈먼 시간에
우리를 감싸는 눈, 빛의 시선은
다만, 네 속에서 사람이
사람을 위로하리라 하네

거친 숲

1

이 나무를 보게
둥치만 남은 모양을,
가엾게 여길 필요는 없네
계속 자랐더라면
옆의 나무를 짓이겼을걸

2

소낙비처럼 자란
가늘고 날카로운 풀들,
네 속을 헤쳐 지나
누군들 갈 수 있으랴
대체 무엇과 싸웠길래
가는 바람을 베고 치며
홀로 사나움을 자랑하는가

3

검은 바윗길에
깊고 높은 숲이여,
너희는 가로막고
나는 저편을 생각하니
눈뜸인가 길을 잃음인가
시간에 대한 이 사랑은

4

말없이 걷는 나의
마음속엔 놀란 내가 있어,
차갑고 축축한 숲을 맡으며
쉴새없이 중얼거린다.
이런, 어디로 가지?
수없이 많은 사람들이
스스로 대답인 것에 놀라며.

세월의 사랑

1

미망(迷妄)에 시달리며 바람 속에 늙던 시절
이름 없는 얕은 강(江)엔 눈만 내리고
그리고 혼자 걸어가던 일, 사람은
자라…… 절망이 금지된 나이에 이르고
그러나 은밀한 절망은 너무도 쉬운 일

2

그 빛을 본 사람이면 누구든
환해졌을 것이다 겨울,
견딤, 혹은 옳음을 원했다면
말없이 걸어야 했으리라

그러나 우린
창(窓)가에서 술을 마셨다

문득 스치고 사라지던 그 빛.

3

어떤 시선도 없이 한세월
죽어 있다 돌아온
말없이 앞만 바라보던

너는 탁자 위에
시간(時間)이라고 썼다

4

하지 못한 말 한마디
소리없이 피고 지는
꽃잎 속에 있고

집으로 오는 길 먼지 속
멍한 슬픔 속에 있다

낡은 지붕 위로

또 파란 겨울은 지나고

5

그러므로 적당한 거리
그것이 중요해
둥근 탁자를 사이에 두고
마주앉은 우리의 배경은 창(窓)

성혈(聖血)에 입맞추던 푸른 저녁
오늘 틀 속에 가두어지다

6

그때 너의 얼굴은
이상한 푸른빛에 뭉개진 듯 보였지만

실은 여느 것과 마찬가지, 오직

한 방향으로만 열린
비천한 것이었다, 왜냐하면
붙들리고 사로잡힌 모든 것은 비천하므로

그러므로 적당한 거리, 그것이 중요해

7

별을 등진 풍경들을 보면
왜 나는 항상 고요하고
차가웠던 그 순간을 떠올리는가

말없는 사랑을 배우지 못하고
또 한세월을 보내었네

이루지 못함이 거의
사랑에 가깝다

8

죄를 용서받은 자의
얼굴을 본 적이 있나?

그건 아름답고, 밝은, 슬픔이지

9

불빛들이 흙길을 스칠 때마다
나는 보았네 지상의 가장 오랜
죄와 슬픔의 산맥들을.

10

깊은 꿈속에서
나는 말했네
이것은 꿈 그리고

무엇이 남는가
묻고 또 물었으니

침묵의 손아귀에서
모든 의문은
대답이 되고야 만다

나르시스

천 개의 연못가에 천 명의 나르시스가 고개를 숙였다

명경지수(明鏡止水)도 아닌 흐린 파문 위에

일렁인 그 얼굴 너무도 흉해, 놀란 동굴처럼 벌린 입

눈길 1

검은 길이라고
사람들은 말하였지만

눈이 내리니
작은 빛에도 환하네

그저 슬며시
웃기만 해도 길은 환하네

눈길 2

어둑한 눈길
물새들의 비상

말없이 호수를
바라보는데

두렵도록 아득한
먼 시선 하나

등줄기에 시리고 덥네
더는 갈 수가 없네

시선

비 내리고 바다 비린내
겨울 나무 성긴 가지 사이로
불빛, 욕망, 덧없음.

십이월, 파시즘의 심리적 기반.
전차 창 밖 표정 없는 사람들
개들과 창백한 아이들의 미소

비가 내리면 북해(北海) 사장의 추억
삼십 세, 눈 내려 잠시 멎은 유고의 전쟁
뇌수 속의 코카인, 비가 내리네

저녁

1

생에 있어 이렇게 기쁜 날도 있었다는 표정으로
몇 장의 사진을 찍고 우리는 목련꽃 지는 골목을 돌아
내려온다, 뉘게든 이러한 상황에서라면 또한 이와
비슷했으리라는, 나 자신에 대한 사랑의 고뇌,
혹은 청춘의 힘은 더 이상 없으니 아련하고 부드러운
몰락의 내음을 풍기는 풍경 속의 풍경, 흐릿한 형체도
움직이는 자신들을 문득 먼 추억처럼 감지하며
그날 저녁, 우리는 설명할 길 없이 어려운
순간들을 무심코 또 살아냈던 것이리라

2

이제 그녀에겐 관습의 옷이 느껴지기 시작한다 내가
이렇게 되었구나 부엌과 거실 사이의 방황, 손님들은
몇 시쯤 가나, 푸른 유리창 너머엔 적적한 나방들
할말도 없는데 한 이야기를 자꾸 반복하는 이들, 이
한세월 다시 살아볼 수 없다는 걸 아는 이들과 함께

그러나 함께, 떠내려간다는 건 위안이 된다.
눈 그친 마당, 아주 먼 곳에서인 듯 문득 이편을
바라보는 그녀에 관해, 자칫 균형을 잃진 않을까,
누굴 걱정시키고 싶진 않은 그녀의 눈에 깃들여
저녁은 잠시 또 우리를 머뭇거리게 하였으리라.

여행

너는 도착한다 변방에
이런 선율은 이미 들은 바 있다

축축이 비 내리는 날의 창(窓)
바람이 드나 손을 가까이

너는 침묵한다
바닷가엔 기름에 젖은 새들

문 쪽을 바라보던 너는
밖에서도 문을 찾아 헤맨다

밤이 오면 수많은 낮들의 기억
창공엔 죽음처럼 맑은 달

이런 선율은 이미 들은 바 있다
너는 도착한다 그리고 남이 되었는가

대화

껍질 속에서도 너는 움직인다고
낮이 무거우면 나는 중얼대곤 했다

오늘 저녁 너는 꽃을 피웠다
느릿한 바람엔 욕망을 불어넣고
죄진 자들에게도 핏기를 빌어주는 너

나무야, 내부여, 한마디 말을 다오
나의 병(病)이 곧 나을 것이다
어두운 껍질 속을 흐르는
흘러 저물던 것들 또는 사람들이

입을 열어 문득
말을 잇기 시작하리라
무거운 날 어렵게
시선을 마주하며 설 것이다

흔적 1

건너에 붉은 지붕
비에 젖을 때마다

전생을 짓는 슬픔
또한 빗줄기처럼

흔적 2

지나왔건만

지나왔건만

흔적 3

살았던 저 날들이
이처럼 흔적도 없노라고

그럼 너의 그 말이
네 얼굴 위에 남긴 흔적은?

다른 얼굴 1

다른 얼굴이고 싶은
얼굴 하나가
볕을 받아 환히,
숨길 수 없는 그늘이네
먼지와 그림자
그런 것엔 가리지 않을
어떤 표정을
보았던가 내가
차창 너머 홀연
그렇게 보았던가
돌아보니 다른 표정이 된
그 얼굴
여전히 다른 얼굴이고자

다른 얼굴 2

정신이 맑으면 못 견디어서
한 걸음은 비켜서야 낯익은 생

흐린 생활에 맑음이란 불길한 것
허망에도 웃는 얼굴은 무섭다

캄캄한 얼굴에서 입술 꼬리가 올라가고
문득 또 섬광들만 피고 지는 제국

다른 얼굴 3

차가운 안개 속
너는 밤을 건너서 왔다

불타는 꽃잎처럼 두 손을 열고
너의 얼굴을 받아 안는다

은박지 소리를 내며
밤이 문득 빛나기 시작하였다

아담, 다른 얼굴

기억하면 아직도
낙원에서 쫓겨나던 저녁,
그러나 과연
추방이나 시선 없는 삶 따위가
나를 떨게 하였으랴

그보다는 등지는 몸짓,
나의 비굴함이 오래도록
고통보다 깊은 시름이었으니

한 저녁에 누워 꿈꾸면
기쁨 없이도 미소하며
나는 끄덕이며
다시 한번 낙원을 떠나려는 자,

말없이 몸을 일으켜
저편을 바라보는 자이다

아닌

벙어리여, 말하라 하니
나온 것은 괴성,
그의 마음 아니었네

그대가 세상 속을 간다
그의 마음 아니었네

그렇지?

그늘이 시작되고
그늘임을 모두가 알았다
거리(距離)는
몹시도 아픈 거리였고
사소한 침묵조차
건너기 힘든 빙하(氷河)
그리곤 우리의 입을 열어
날카롭고 지저분하게 울부짖던
어둠이 시작되고, 곁에서
바라보이던 당신은
문득 웃으며
「그늘, 그렇지?」
지평선에 보이던 그늘이
뺨에 축축이 와 닿을 때, 그렇지?

모음(母音)

말이 되는 세계는
그저 여럿 중의 하나

헤매었던 많은 세계를
불현듯 젊어지고 간다

바람은 불어오고
마음은 소리없는
아, 혹은 오

세상 바다,
이곳이다

잠시

열린 상처에선
푸른 하늘 흘러나오고
그 하늘엔 새들,
흰 새들이 유영(遊泳)한다

이마를 숙이면 나
쏜살같은 음성이 되어
어두운 우주를 꿰뚫는데,
겨우 몇 초가 흘렀을 뿐

그때

신(神)이 말하기를, 단 한번
살아보지 않은 삶을 원하노라

비 개인 거리에서 당신은
문득 뒤를 돌아보고 있었네

바람의 길

바람에게도

그릇된 길이 있는가

돌아서 간다

물방울을 만난 개미가
관통하지 않고
멈칫 돌아서 간다
조용한 슬픔의 나라
억센 비바람 치는 겨울을
직시하지도 않고
숙인 얼굴로
삐뚤삐뚤 돌아서 간다
비틀거리며 간다
마음의 불빛을 붙들고서
그 빛 세상의 무엇도
하나 비추지 않고
단지 저를 태울 뿐인데
흐릿하게 흐릿하게
가지 않은 직선을
깊은 꿈에서나 보는
그런 마음인데, 이런

환멸

어두우면 환해지고
별을 보면 서글퍼지는

그런 얼굴이 있어
그에 닿는 모든 것은

고요한 사랑이 되고
미동도 없는 끄덕임이 된다

눈멀고도 길을 아는
흐름이 되어서 간다

냉신(冷神)

어슬어슬 떨면서 간다

별 속에서도 별을
연민하는 너는
어둠이 되고 만 것인가

숨이 붙은 여린 나무들과
또 숨이 붙은 고목들

휘늘어져 역력히도
살아 있다는 저 녹색 광채를

너는 왜 연민하는가

캄캄한 적막 네 속에선
아무런 대답 솟아나지 않지만

차가움을 지나온 자여

낮의 기억

그가 죽으리라 생각해
그가 먼저 죽겠지
생각하면 이 흐름엔
기슭이 없군 무엇일까
그와 나누었던 얘기나
또 다 함께 지새웠던 밤
그게 다 뭐였을까
어리둥절한 얼굴로
고요해지곤 하던
낯선 아름다움도 있었지만
어디 기슭 같은 것은
없을까, 얘기하던 일
이 불빛 없는 밤은
그런데 또 무엇일까
살아 내일이면 만날
그가 없을 날을 생각하는

서서히 그러나 지울 수 없도록

그 작은 얼굴에 찡그림,
이를테면 눈앞에서
깨어지는 맑고 날카로운 유리그릇
그 얼굴엔 아직 볕이 나고
너머엔 커다란 하늘에는
주둥이 노란 검은 새 하나

새를 바라보는 마음에는
세월의 줄 하나 그어질 것이다
소리없이 말없이
그러나 깊이, 그럴 것이다

모로코

둥근 벽 소리없이
둥근 천장이 되고

새벽과 바다의 빛
눈물처럼 방안에 스민다

어제 도착한 이곳은
오래전에 네가 떠난

하나의 장소, 잠들라
그리고 눈뜨라

기억 없이 기억 없이
바라볼 창문 너머

쓸쓸한 근처(近處)

불이 아니라 근처였다고 하라

솔직이란 회의(懷疑)에도 있는 것

다만 근처를

멀리에서 보았을 뿐이라고

그리곤 할 일이 닥쳤노라고

일이야 많지만

또 아무런 할 일도 없는

그런 근처, 그러나

바로 그곳에서만 살았노라고

집

1

현관을 지나
방으로 가는 내게
아내가 묻는다
어디 가느냐고

방에 가
어디?

2

안개 낀 저녁,
여보 어디 있어?

나 여기 있어
여기가 어딘데?

밤

돌연 하늘이 발 밑이라도
우주로 처박히진 않을 거야

그가 그녀의 허리를 붙들기 때문
긴 머리칼은 하늘로 풀리고

스치는 구름, 별들 틈새로
운동화 두 켤레를 마저 놓쳐버린다

비

볕은 따스하기도 하였습니다
사소(些少)함으로도 기억은 되살아나고
세월,
〈세월〉 하고 말하면
귓전에서 웃고 있는 신(神), 그리고
가벼운 날개 같은 것이
스쳐가는 꿈을 꾸었습니다

부드러운 마음으로
눈뜨면 작은 죽음의 집은
등뒤에 있고
가까스로 한세월
그 위에 또 한세월
묵묵히 포개어지는 이 작은 일
속에서 내가 태어납니다

망각을 명령하는 희망
쓸쓸한 힘이
세차게 수월스레 비되어 오고
사람들 이것을
맞으며 오고 갑니다

길

벚꽃 길을 함께 걷지만

아무런 말도 없네 당신은,

꿈이란 본래 조용하니까

슬픈 꿈일수록 소리없이

그러니까 그저 그늘, 흰

마음

1

길들지 않은 절망은
수천의 세계를 안다

헤아리는 마음을
헤아리는 마음도 있다

2

머리칼은
차갑게 씻기운다

세상의 거처는
너의 눈 그늘

3

쉼보다 고요하고
평화로운 싸움이

아직 너의 얼굴에 있다
마악 그 무엇을 잊은

4

마주보는 두 얼굴의 포식
꽃이 피고 휘감으며 작열하다 증발한다

5

울긋불긋 이름 모를

피의 손들이 세계를 완성한다

도하가 1

몰랐던 듯
오래
잊은 듯
얼굴 하나
강을 건넌다

실은 기억도
강도 없지만
얼굴 같은
것도 없지만

아픈 마음 하나가
오, 마음이랄 것도 없지만

결별

쓸쓸함을 깨닫는
무서운 힘의 자리
그곳이 영혼.

빈 곳의 공허로
세계가 물결쳐 드니
오직 결핍만이
넘침이 된다.

태풍

동경은 스스로 동경이었지
남들은 그저 미루나무라 했다
거센 바람 맞아
가지에서 끊긴 잎사귀들은
모든 내부를 잃게 되었다.

창백한 하늘 아래
아직 푸른 잎들이 날아다닌다

작은 고통에서
큰 고통의 바다로 가니
시원하다 시원하다 음악인지
비명인지 나무들은 보이지 않는
무엇에 부딪는 시늉이고 소리들

바람 많은 땅에 이리도
높이 자란 네 탓이다 모두
너의 탓이라 하였으나

잠시 생각할
틈도 없는 바람 겨를이다

옳음

고공(高空)의 찬바람 속
내 사랑은 너를 감싼다
너의 눈을 가리고 싶었지만
이것은 옳은 일인가

세상의 나무 한줄기에 이마를 대고
가슴속 번개의 고독을 고백한다

바라고 또 바랄 무엇은 없으니
옳다, 아픈 자여 그러므로 네가 옳다고
마음은 잠시 빛의 놀이를 한다

부는 바람이여 너 또한
나의 운명에 속해 있다

아내

과일, 떡, 술
그런 말들이
너의 수첩엔 적혀 있고
펼쳐진 그 너머
유리창 너머
푸른 겨울이 간다

외로운 줄도 모르고
네가 썼을 저 말들을
나는 네게 외워주리라
잠든 너의 따뜻한 머리에선
침침한 안심(安心)의 내음

외로운 줄도 모르고 네가 썼을
그리고 나는 그 말들을

상응(相應)

어지러운 차양 유리
빛과 그늘의 암호
아프게 일렁이고
퍼져가는 그림 위엔
땅과 하늘의 기운,
여기는 거기 어디쯤인가

물결

1

너의 얼굴 두 눈 위를
느릿느릿 지나가는 고통의 물결

말없는 무엇이나
내력으로 깊어져 있는 세상

2

태양을 향해 서 있건만
시간의 밖은 보이지 않네

언제나 같은 말들에 지쳐
귀를 막고 우리는 벌판을 건넌다

3

웃는 것도 잠시 피가 나는 것도
잠시일 뿐 그런 것이다

안개 속의 사람들 기침을 한다
그 어렴풋한 다성(多聲) 속으로

내가 스며든다 말없이
말없이 뉜가의 얼굴
더듬어 보고도 싶었기에

4

가슴만 타는 이들
고개만 주억거렸으나

부서지는 삶의 문지방마다
신의 바다 출렁이며 빛났다

기슭 없는 흐름

아내는 잠들고
밤의 방엔 남풍의 향기

스승은 천사와 싸워
빛을 흘리었는데

나는 기억 속에서
악마의 얼굴을 보네

그 이름 부르면
가면 바꾸어

말없이 흐르는 시간
혹은 망각 혹은 밖

장소

어스름한 이곳을
왜 찾으시는가

아무는 상처에서
보시었나, 무엇

돌아보면 어쨌든
추억 되는 풍경을

쬐러 오시는가 볕인 양
다시 태어날 때마다

이상한 집

멀리에선 고(孤) 자로 보이는
이상한 집이 있어
그곳에 가면
그 집의 문을 열면
또 하나의 벌판이 펼쳐지네

주둥이 노란 검은 새가
하늘을 긋고 지나고
귀를 막은 사람 하나
한쪽 무릎을 꿇고 있네

너무도 깊은 기억을 지나
너무도 많은 꿈들을 지나
표정 없는 황홀에서 벌은 끝나고
아무것도 들고 나올 수 없네

회복

그러나 무엇을
물어야 할까
알 수 없었고
알 수 없었지만
이제는 침묵보다도
고요해진 나,
질문받지 않고도
대답할 때가 있었어
그래 그래
〈그래〉라고 말이지
갑자기 문이 열리고
먼지와 햇살이 길을 가르치듯이
그렇게 시작될 어떤 순간을
나는 오래 생각했네
잊는다는 느낌도 없이
모든 생각을 잊고
갑자기 문은 열리고

낡은 비유

1

빛과 어둠
하나의 낡은 비유
그 속에서 태어나
그 속에서 머물다 간다

거리를 거닐었다
아무도 누구를 바라보지 않는

2

희디흰 벚꽃
그 뿌리의 뿌리는
어디에 스며 있나

두 손으로 얼굴을 감싸면
나는 뉜가의 기도하는 숨결

3

그 길을 걸어서 갔네
해가 구름을 벗어날 때면
적막한 초침 소리 들렸네

기억 없는 생의 기억

너의 시선 앞에서
세상은 어떤 과거도 품지 못하였다
언제였나 내게 그걸 묻는가
저 별 속에서 신호등을
보던 나는 무엇을 기다렸던가
그런
순간들에만 너는 존재하였다
따스했나 차가웠던가
내게 검은 그림자가 펄럭이고
흰빛이 그 속에서 태어난 뒤에
차가웠나 따스했던가 그것은
죄 없는 리듬 그런
단조로움 너는 영원히
펄럭일 것만 같았다
시들기를 원하는
기이한 사랑처럼 너는
그렇게 깜빡일 것 같았다
너의 시선 앞에서
난 어떤 기억도 살지 못하며

사원

이것은 키르헤,* 저것은 카펠레**

말로는 층층이 읊어가지만

마음 너머 안개 저편에 떠오르는 것은

하나의 사원, 그저

---

* 독일어로 Kirche: 교회

** 독일어로 Kapelle: 교회 옆에 지어진 작은 성소(聖所)

사전

사전이 안 보인다
저 나라의 말을
옮겨보려고
사전을 들추니
문득 바람이 일고
손님이 왔다
그렇게 돌아가고
아직도 볕이 드는데
나무 그림자를
보다가 바라보다가
다시 저 나라의 말을
새겨보려고 하니
외로운 국경 지대
사전이 없으면
두려운 듯 아픈 듯
뜨고 지는 해와 달
사이로 가로지를 삶
사전이 없으면
입을 굳게 다물고
명멸하는, 그대 아픈가
묻는 소리 하나도 없는

손님

집은 비었는데
손님을 맞으러 내
나와 서 있구나

널 오라 했던 그날
별 맑았던 날
서로에게서 우리는
이날을 보았을 것이다

진실 속에 시든다던

이런 것이었나
보아라 나를

웃고 서 있는
이렇게 웃고 있단다

예지(銳智)를 다오
웃는 마음만의 예지를

마지막 공유의 기억

나를 알지 못하는 나는
네가 보는 그곳에 흐리게 있다

별이 나는군, 스치듯
쇼 윈도 속에서 나는
차갑고 환한 사람들을 본다
그곳에, 우리도 있었다

불이 없는 곳에서
별이 창창한 곳으로
소리없는 곳에서
음성들이 뒤섞이는 곳으로

같이 어둠을 지나온
우리
마주보면서도
서로의 생사를 묻지 않았다

와중

나날이 지은 죄를
기억하는 너는
너를 용서하는 너이고
이젠 용서받아도 좋을 너인데

오 밝은 날 오늘처럼
죄를 잊은 너는
죄를 짓던 날의 너이고

눈을 씻어 바라보면
문득, 살아낼 수 없는
사람의 일들

그런 것이어서 죄는

여린 볕에도 무릎을 꿇는
네게로 가 슬픔이 되고
작은 평화도 되니 진흙밭

수천의 풍경

난 어두워
아파트 난간 너머
너머는 불빛들이야

그리고 그 안
농그란 밝음 속에선
누군가 밥을 짓고
누군가 마악
주름진 흰 셔츠를 벗고 있어

그런 수천의
풍경들을 알고 있어
화가 날 때면
난 말하곤 해, 수천의

풍경들, 내가 지나온 그 속에
난 없었어, 이건 사람의 일,
그러나 어쩔 수 없지

넌 내게 사랑한다고 해

수천의 풍경들도 내게
그런 거짓을 말하곤 했지

오르페우스

뒤돌아 보았고
갈기갈기 찢기웠다고

그러나 음악이 멎자
다른 음악이 시작되었다

고요

지나가리라 밝은 별
지나가리라 검은 그림자

고요한 시간이면
시간에게

마음 하나 주고
마음 하나 더 주고

휘몰아치는 아름다움에
이윽고는 모든 걸 바친다

조원규

1963년 서울에서 태어나 서강대 독문과 및 동대학원을 졸업하였다.
1990년부터 1997년까지 독일 뒤셀도르프 대학에서 신비주의 문학과 철학을 공부하였다.
1985년 《문학사상》을 통해 등단하였고 시집으로 『이상한 바다』(1987),
『기둥만의 다리 위에서』(1989), 『그리고 또 무엇을 할까』(1993)를 출간하였다.
그 밖에 산문집 『꿈 속의 도시』와 역서로는 『유럽의 신비주의』, 『새로운 소박함에 대하여』와
『몸, 숭배와 광기』, 『호수와 바다 이야기』, 『노박씨의 사랑 이야기』 등이 있다.

아담, 다른 얼굴

1판 1쇄 찍음 2001년 10월 30일
1판 1쇄 펴냄 2001년 11월 5일

지은이 조원규
펴낸이 박맹호
펴낸곳 (주) 민음사

출판등록 1966. 5. 19. 제16-490호
서울시 강남구 신사동 506번지 강남출판문화센터 5층 (우)135-887
대표전화 515-2000 / 팩시밀리 515-2007
www.minumsa.com

ISBN 89-374-0699-3 03810